U0072445

龍的選擇

管家琪◎著　蔡嘉驊◎圖

欣賞童話，培養品德

　　這一套書，「品德童話」系列，是為少年讀者編寫的文學讀物。這個系列的特色，是每一本書都有一篇童話。這一篇童話吸引讀者的是它本身的趣味，但是其中的情節和角色的行為，都能散發出一種品德的光輝，期待著每一個少年讀者都能因為受到文學的薰陶，自自然然的「體會到」什麼是品德、自自然然的「看到」品德的實踐。

　　近年來，品德教育越來越受到家長和教師的重視，原因是我們發現我們的孩子並不生活在一個幸福的安全的社會裡。為了孩子的幸福和安全，我們需要創造一個新社會。這個新社會的出現，除了要靠大人對品德的堅持和實踐、示範以外，孩子的品德教育也很重要，而且是關心得越早越好。鼓勵少年讀者閱讀「品德童話」，就是一種實踐。

兒童文學作家管家琪女士，受邀撰寫「品德童話」系列。她是一位優秀的童話作家，屢次以她的童話作品獲獎或獲得表揚。她寫作勤奮，作品在整個華文世界裡廣受少年讀者的歡迎。在大陸，在香港，在馬來西亞，都有她的讀者。她自稱她為「品德童話」系列所寫的童話，是一種「品德童話」，說明了她這一次是以「品德」為主題而寫的童話。

　　管家琪富有幽默感，所寫的童話常常令人讀來莞爾。她對於情節的安排，常常出人意料。她能在故事中技巧的運用趣味對話。那些對話對讀者都很重要，情節的變化常常就藏在對話裡。她的童話有一個永恆的主題，那就是「趣味」。這趣味，對少年讀者有很大的吸引力。

　　一九〇九年，諾貝爾文學獎的得主「拉格勒芙」（Lagerlöf,1858-1940）。她是瑞典人，以早期的小說、詩歌創作受人推薦而得獎。其實她在得獎以前，因為寫了長篇童話《騎鵝旅行記》，早就是瑞典全國家喻戶曉的作家。當時的情形是，有一位小學校長，邀請她寫一本故事，希望能讓孩子們「在

欣賞之餘」，還能對祖國瑞典的歷史地理有所認識。拉格勒芙接受邀約以後，走遍瑞典全國，訪問各地居民，需要的材料都有了，只是遲遲無法動筆，因為她在等待一個「故事」。

她一直等待到腦中的《騎鵝旅行記》趣味故事構思成熟，才開始下筆去寫。這篇很能吸引孩子的長篇童話，果然也能讓瑞典的孩子「在欣賞之餘」，對瑞典的歷史地理有所認識，不但達成了原先設定的目標，同時也成為兒童文學世界裡的一部名著。

對於管家琪的「品德童話」，我們也懷著同樣的期待，因為她是一位會寫童話的人。她的童話，一定也會使孩子在欣賞之餘，同時還能受到美德的薰陶。

知名兒童文學作家

做一個理性與感性兼具的家長／管家琪

其實在每個人的天性裡，多多少少都會有些嚮往自由散漫，甚至希望能夠「為所欲為」，高興怎樣就怎樣的因子，問題是人類既然是需要群居的社會性動物，大家聚在一起相互依存，就不可能任由每個人想幹麼就幹麼，畢竟每個人的標準和需要都不相同，就連假設同樣待在一個室溫攝氏二十度的環境中，也未必每個人都會感覺到涼爽舒適，也許有的人就是會感到太熱，或是太冷，這都很難說，所以我們需要訂出一些對絕大多數的人來說是非常合理、也能夠被絕大多數人所認同和接受的規則，然後大家共同遵守，以此來維持社會的穩定。這就是一種法治的精神。

法治社會有兩個極其重要的基本特質。第一，規則訂出來之後，沒有彈

性，不能任由大家憑著自己的需要或喜好去任意解釋；第二，對於處在同一個社會中的每一個人來說，這些規則具有同等的效力，幾乎可以說毫無例外，這就是「法律之前，人人平等」，「王子犯法，與庶民同罪」。

　　沒有彈性，無一例外，聽起來好像很死板，實際上這才能保護大多數人，並保障大多數人的利益。一個法治社會，除了能夠維持社會秩序的穩定，還能樹立一種公義，這一點更是尤為重要。只有生活在一個公平、正義的社會，老百姓才能獲得一定的安全感，並進而得到奮鬥向上的動力。

　　家庭是孩子們所接觸的第一個社會，讓孩子從小培養法治精神，具備法治概念，是父母責無旁貸的工作。怎麼樣才能培養孩子的法治精神？首先，當然是家長本身必須是一個守法的好公民，才可能以身作則。其次，「守

法」其實也就是「守規矩」，我們常說「國有國法，家有家規」，今天如果孩子們能夠老老實實的遵守家規，明天他就比較有可能本本分分的遵守國法；相反地，如果一個孩子已經懂得如何鑽漏洞，如何陽奉陰違，長大以後也就比較有可能會違法亂紀，胡作非為。

建議家長們在制訂家規的時候，要把握以下三個原則：

1.家規不要過分瑣碎，要強調原則，還要考慮日後長期執行的可能性。畢竟法令訂出之後最重要的就是要讓大家來遵守，如果法令多如牛毛，看似周密，但只要是執法困難，就等於是形同虛設，毫無意義。

2.家規要清楚，不要模稜兩可，要讓孩子充分理解，並且有能力遵守。每一條新增的家規在正式實施之前，不妨也允許有一段宣導期，以免「不教

而殺謂之虐」。

　　3.家規訂出之後，不可兒戲，家長的執法態度一定要嚴肅和堅定，更一定要公平，這樣才可能讓孩子心服口服，並且發自內心地願意遵守。

　　人本來就是一種理性與感性兼具的動物，在感性方面，我們固然應該做一個慈愛的父母，但是這和我們同時也能賞罰分明並不衝突；如果是只有感性，缺乏理性的教養，不教給孩子規矩，不能讓孩子體認到守法的重要，那就是一種溺愛，不僅會害了孩子，對整個社會來說，我們也沒有盡到為人父母應盡的責任和義務，因為，缺乏理性的教育實際上就是在製造未來的社會問題啊。

從守規矩開始做起／管家琪

　　想像一下，如果你是原始人，而且還是一個孤零零的原始人，你得獨立尋找食物，獨立尋找可以棲身的洞穴，找到之後，你還得獨立看守你的洞穴和食物，防止遭到野獸或其他原始人的搶奪和攻擊，這實在是太難了！所以我們會需要同伴，同心協力，大家生存的機會才能夠大大地增加。

　　如果只有一兩個同伴，可能還不夠，力量還是太小了，我們往往需要更多的同伴，團結力量大，才可能應付種種困難和挑戰。不過，如果一群人聚在一起，卻沒有一套規矩讓大家來共同遵守，那就還是形同一片散沙。比方說，輪值守衛，就一定要有一套規則，大家都來遵守，不遵守的就會受到大

家的處罰，這樣才能保障大家的安全；否則，每個人都指望別人來擔任守衛，或者都不願意擔任比較辛苦的守衛時段，那守衛制度就會出現很大的問題，大家也就等於還是生活在危險之中。

　　所謂法治，是隨著人類文明的發展而逐漸發展出來的，當然，由於每一個民族的民族性不同，每一個國家的法律和其他國家相比都有些不盡相同之處，不過，公平和正義仍然是各國法律普遍都會具有的法律基本精神。

　　想做一個守法的好公民，讓我們先從守規矩開始做起。如果人人都能守規矩，實際上也是方便自己，保障自己，讓自己能夠活得很輕鬆。比方說搭乘捷運，當車廂停靠站台的時候，只要每個人都能遵守「先下後上」的規矩，哪怕你是在尖峰時間出行，一定也能夠不慌不忙，永遠保持一種便捷和從容的心態，這不是很棒嗎？

印象中，龍鳳、麒麟、龜 這些珍奇祥獸是什麼形象？／蔡嘉驊

在繪製這個故事的插畫時，照往例我會先開始蒐集書中主角的相關資料，觀察好主角的細部特徵，為的是將主角的姿態傳神描摹，並賦予主角性格生命。圖像部分蒐尋到的多半是傳統雕刻、書畫上呈現端正莊嚴的形象。而文字方面的解釋則為，龍、鳳凰、麒麟、龜為傳說中有德行、有靈性的神獸；在東方文化中，不只是神聖的象徵，更是吉祥、制煞的守護神。短時間內，東方意象縈繞思緒。

我想將印象中的吉祥圖騰轉化為生動有趣的繪圖，最好還有點搞笑，畫出龍是帥氣，鳳凰是對愛鬥嘴，麒麟是愛打架的夫妻，祥龜則忠厚老實的特

色，讓龍鳳麒麟龜等祥獸有新的面貌，可以將書中角色趣味一一呈現出來。

　　希望閱讀這本書的大小讀者，能夠在享受故事與瀏覽畫作時，和我一樣感應到那股祥瑞吉兆。祝福各位讀者。

蔡嘉驊

繪者小檔案

藝術家都常被形塑成一個不受拘束的形象,蔡嘉驊就是那個體內藏有冒險因子的插畫家,在安靜的創作之餘,他總是想著要自由,more and more。

早期他曾經在文化出版業安分地從事美術編輯、美術設計及專業插畫的工作,但蠢蠢欲動的靈魂終究關不住,遂於1995年成立個人工作室,以平面設計與專業插圖為專職,在各大報章、雜誌、出版品中揮灑自我;閒暇則以獨木舟及自行車上山下海。是的,那正是他靈感奔放,創意齊發之際!

對生態保育插圖有興趣,經常為台北市立動物園、農委會、鯨豚協會、經濟部水利署等繪製插圖。

繪本作品有《給我一間酷酷小屋》、《小建,好酷》、《魔法罐》……等。

部落格http://www.wretch.cc/blog/kiki4087

角色圖

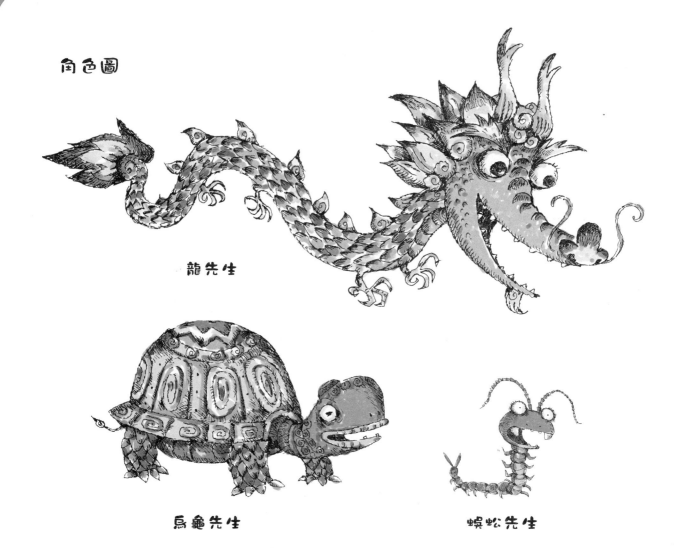

龍先生

烏龜先生　　　　蜈蚣先生

麟小姐

麒先生

公雞先生　　　　鳳先生　　　　凰小姐

在一口井的井底，有一隻烏龜。

他也不知道自己在井底住了多久，好像從有意識以來，他就住在這裡。這裡就是他的家，他的世界。

這口井是一口枯井，沒有食物，也沒有水。幸好這隻烏龜不需要喝水，也不需要吃東西；至於為什麼都不需要，他也不知道，他壓根兒就沒想過這些。

他的生活每天都是千篇一律，就是安安靜靜地待在井底，有時閉目養神，有時抬頭看看腦袋上方那一小片天空，要不就是慢慢地在井底打轉兒，活動一下筋骨。

不管是什麼時候，天空看起來也都差不多，幾乎都是藍色的，只不

過偶爾會有

一些白白的、看起來柔柔

軟軟的東西飄過去，還算是有一點點變化。

　　這裡永遠都是晴天，而且沒有黑夜。烏龜從來就不覺得這有什麼好

奇怪的，更從來沒有想過這其實是因為這裡是仙境的緣故。

　　他就這樣一個人安安靜靜地待在井底。

　　不知道過了多久，有一天，當他正抬起頭來無所事事瞇

著眼仰望著那一塊圓圓的藍天時，突然有一個

東西飄下來，飄到井底，慢慢飄到他

的面前。

這是一根五彩的羽毛。烏龜從來沒有見過這樣的東西，看到它的第一個感覺只覺得它很美，奇怪的是，烏龜看著看著竟然產生一種熟悉的感覺，就好像自己從前曾經見過它似的。

「可是，我是在什麼時候，又是在什麼地方見過呢？……」烏龜想不通。

又過了幾天，從上方那個小小的藍天掉進來一個更奇怪的東西。這個東西也是五彩繽紛，但和上次那個不一樣，這回沒那麼輕，沒那麼

柔，整個形狀也相差很多，是三角形的模樣。烏龜用嘴巴輕輕去碰觸了一下，感覺硬硬的。

「這是什麼呀？」烏龜仔細地瞧了半天，瞧不出什麼名堂，可是好奇怪，怎麼也是愈看愈熟悉，就好像在哪兒見過似的。

烏龜正在努力思索，突然從上方傳來一聲充滿驚喜的驚呼：「哎呀，原來你在這裡啊！」

烏龜嚇了一跳，正想要抬起頭來往上看，就已經聽到那個聲音在繼續嚷嚷著：「哎，你們快來呀！烏龜原來在這裡！」

「烏龜？」一聽到這個名字，井底的烏龜忽然眼前一亮，渾身一震，什麼都想起來了。

伙伴們紛紛聞聲趕來。當烏龜抬起頭，已經看到四個老朋友趴在井邊，一起朝他望著；四個腦袋幾乎把那一塊小小的藍天全部都遮掉了。

　　那是鳳先生、凰小姐，和麒先生、麟小姐。

　　世人總喜歡說「鳳凰」和「麒麟」，好像「鳳凰」是一隻，「麒麟」也是一隻，其實啊「鳳凰」是兩隻，「麒麟」也是兩隻；「鳳」和「麒」是男生，「凰」和「麟」則是女生。

　　最先發現烏龜的是鳳先生。他扯著嗓子對井底的烏龜嚷嚷著：「喂，你怎麼躲在這裡？我們找了你很久啦！」

　　「說來話長啊。」烏龜說。他現在已經什麼都想起來了，想起這裡

是仙境，想起偶爾飄過藍天的那些白白的
東西叫作祥雲，想起自己的世界原來並
不只是這小小的一點點地方，想起自己
怎麼會一個人孤零零地待在這裡……

「既然說來話長，那就上來再說
吧，」麒先生說：「拜託你順便把我的角給
帶上來。」

「還有我的羽毛。」鳳先生說。

他們都沒問烏龜要不要幫忙。既然烏龜已經什麼都想起來了，當然
也會想起自己是一隻神龜，神龜當然是不需要幫忙的。

25

瞧，這會兒烏龜的動作十分輕盈，一手拿著鳳先生的羽毛，一手夾著麒先生的角，輕輕一蹬，就飛出了井底。

「哇，外面的世界好大啊！」烏龜用力吸了一大口空氣，感覺有一種說不出來的舒暢。

四個老朋友把烏龜團團圍住。大家久別重逢，都非常高興。

「我們找了你很久哪，也經過這附近很多次，可都沒注意過這口井，因為這口井實在是太小了啊，」鳳先生說：「我們叫你的時候，難道你都沒聽到？」

烏龜說：「沒有，可能是每次你們經過的時候，不巧我總是剛好在睡覺吧。」

麒先生問道：「這段時間你一直都
待在井底？」

「是啊，」烏龜回答：「自
從大地震以後，我就一直都待在
井底。我想，大地震發生的時候，我
一定是剛好就在井邊，所以地震一來我就摔下去了。」

「那你醒來以後呢？」鳳先生問道。

「醒來以後──我就什麼也不記得了，
所以我就一直待在那裡，直到剛才一聽到我
的名字，我才忽然什麼都想了起來。」

29

鳳先生不敢置信地看著烏龜，「那口井那麼小，你從來就沒懷疑過自己怎麼會在那麼小的地方嗎？」

　　烏龜認眞地想了一想，「老實說，不會耶，我覺得我好像本來就是待在那裡的，感覺正常得不得了啊。」

　　鳳先生又追問道：「你也從來沒有想過要出來？」

　　「沒有，」烏龜只得再一次強調，「因爲我以爲我本來就是待在那裡的嘛，我以爲世界本來就是那個樣子，我也壓根兒就沒想過我會飛。」

　　聽了烏龜這番話，大夥兒你看看我、我看看你，不約而同地說了一句：「失去記憶眞的好可怕啊！」

麒先生把角安回自己的頭上，鳳先生也把羽毛插回自己的身上。

烏龜看看鳳凰夫婦，又看看麒麟夫妻，笑著說：「你們這兩對，怎麼還是經常打架啊！」

鳳先生和麒先生都一臉委屈地說：「是啊，而且倒楣的總是我們男生！」

凰小姐一聽，立刻不甘示弱道：「那還不是因為你們太不乖了，我們也是忍無可忍啊。」

「就是嘛！」和凰小姐屬於同一陣線的麟小姐，馬上表示附議，批評道：「男生永遠都不會自我檢討！」

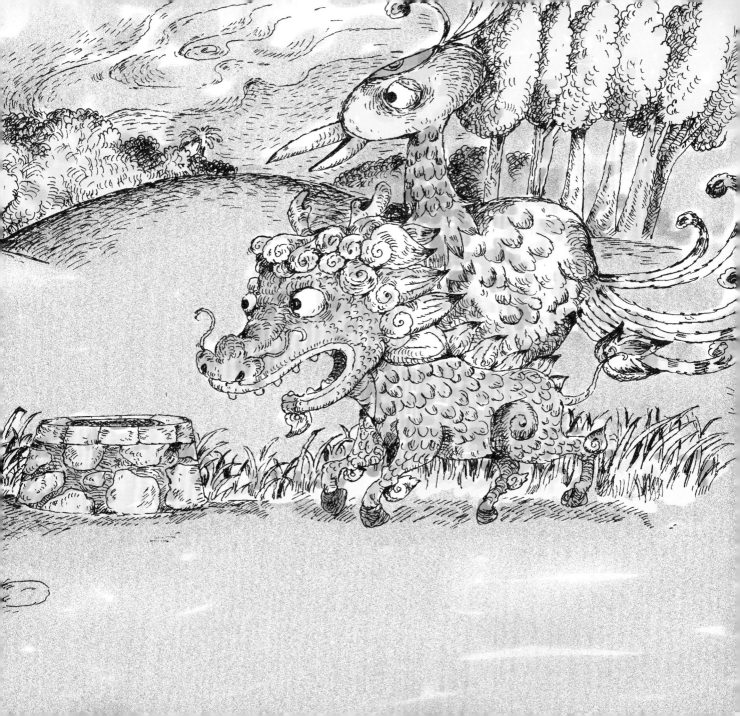

鳳先生和麒先生看到兩位小姐的臉色都不大好

看，害怕又起爭端，趕緊打住，都不敢再繼續囉唆。

鳳先生說：「唉呀，算了算了，算我們說錯了，今天難得大家團

聚，還是說一點愉快的話題吧。」

直到這個時候，烏龜才猛然察覺眼前少了一個老伙伴。

「咦，龍先生呢？龍先生到哪裡去了？他怎麼沒跟你們在一起？」

「他呀——」鳳先生似乎故意拖長了音調，誰都聽得出來裡頭有那

麼一點不以為然的味道，「現在大概正在祥河裡練習游泳吧！」

「練習游泳？這是

什麼意思？」

烏龜感到一頭霧水，「他不是本來就會游泳的嗎？」

在他們這些祥獸中，龍先生可以說是最多才多藝的一個，不但能在天上飛，能在地上走，能在水裡游，還能興雲作雨！烏龜怎麼也想不明白，龍先生怎麼還會突然需要練習游泳？

鳳先生說：「他當然是會游泳啦，可是他怕游不快，到時候沒辦法在比賽中拿到他想要的名次，他想拿冠軍哪。」

「什麼比賽？」烏龜愣愣地問道。

烏龜同時也在想，看來他真的是在井底待得太久了，好像有很多事情他都不知道。

鳳先生解釋道，不久前玉皇大帝忽然心血來潮，宣布要舉行一項游泳比賽，來選拔「十二生肖」；比賽結果的前十二名就是「十二生肖」，而且還要根據比賽名次來排定「十二生肖」的先後順序。鳳先生說，最近龍先生就是爲了要參加這項比賽而在加緊練習。

烏龜感到很新奇，「居然會有這樣的活動，玉皇大帝的點子也眞多！──可是──」

烏龜轉念一想，「我們是祥獸耶，祥獸也要參加比賽嗎？」

「呃，本來是可以不需要的啦，」鳳先生說：「玉皇大帝本來是說

可以考慮給咱們祥獸保留一兩個名額，可是龍先生那個傢伙非要拒絕，非要一起參加比賽，還一直想拖我們也去參加呢。」

「就算要參加比賽，以他的實力，隨便游一下一定也是穩拿冠軍的嘛，還需要練習嗎？這也未免有點兒小題大作了吧！」

麒先生趕緊搶著告訴烏龜，可能是因為龍先生現在多了一對角，一直不適應，總覺得腦袋又大又重，不管是飛翔、行走或游泳，都好像是喝醉了酒似的，歪歪斜斜的，很不平衡。

「什麼？」烏龜大吃一驚，「龍先生的頭上多了一對角？這是什麼時候的事啊？那對角是怎麼冒出來的？」

「也就是最近的事，」麒先生說：「不過不是憑空冒出來的，而是他借來的。」

「借來的？向誰借？」

麒先生說：「向公雞借的。你知道，龍先生一直希望自己的頭上能夠有一對角……」

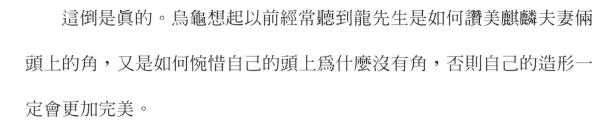

這倒是眞的。烏龜想起以前經常聽到龍先生是如何讚美麒麟夫妻倆頭上的角，又是如何惋惜自己的頭上爲什麼沒有角，否則自己的造形一定會更加完美。

鳳先生和麒先生七嘴八舌地告訴烏龜，在報名參加「十二生肖選拔」游泳比賽的時候，必須繳交一張自畫像，龍先生就跑去向公雞借了

一對角，安在自己的頭上。

說也奇怪，公雞的個子又不大，頭上偏偏長了一對碩大威風的角。公雞本來不願意把角借給龍先生，龍先生只好使出渾身解數，一方面遊說公雞，說公雞如果沒有那對角，腦袋的負擔可以大大減輕，游起來的速度一定就會快得多，而且那對角和公雞漂亮的雞冠實在不大相配，搶去了雞冠不少丰采，倒不如借給我用，等到游泳比賽結束，一定立刻就把那對角還給公雞。

麒先生說：「他們在商量的時候，剛好蜈蚣在旁邊，聽到了龍先生的計畫，後來，龍先生和公雞要求

蜈蚣做他們的見證人，說好龍先生在比賽之後就把角還給公雞，蜈蚣也非常熱心地答應了。」

聽到這裡，烏龜實在是好奇透了，就提議道：「走吧，我們現在就去找龍先生，我等不及想看看他的新造形！」

他們一起朝著祥河前進。麟小姐馱著烏龜，就像以前一樣。麟小姐還愉快地對烏龜說：「你回來了真好，你不在的這段期間，我走起路來總覺得背上空空的，就是少了一點什麼，好不習慣，因為以前經常馱著你，早就馱習慣了嘛。」

走了一會兒，烏龜看見路旁有好多各種動物的畫像，鳳先生告訴

他，這都是「十二生肖選拔」游泳比賽的參賽選手們爲了爭取啦啦隊而做的。

鳳先生指指前方，「喏，龍先生在那裡。」

五個伙伴很快便齊聚在龍先生的畫像前面。

烏龜才看了一眼就叫出來：「哇呀！看起來眞的很不一樣耶！」

鳳先生批評道：「唉，堂堂祥獸居然還要去向公雞借角來改變造形，我實在是怎麼想怎麼都覺得彆扭。」

麒先生附議道：「是啊，而且我真搞不懂龍先生幹麼要對這個活動這麼熱中，咱們是祥獸耶，幹麼要和其他那些動物混在一起。」

凰小姐和麟小姐一聽，則立刻異口同聲地想幫龍先生講話。

凰小姐首先說：「喂，你們兩個，不要看到人家變帥了就嫉妒，我覺得龍先生有了這對角真的比以前要好看很多！」

烏龜馬上跟著猛點頭，「我也這麼覺得！老實說，以前聽龍先生抱怨他的頭上缺一對角的時候，我都沒怎麼在意，現在想想他說的原來還真的有那麼幾分道理。」

麟小姐說：「就是嘛，我也覺得龍先生有了這對角好看多了。再說，他對這個活動熱中也有他的道理，只不過和我們的想法不同罷了。」

麒先生還是不以為然，「什麼道理？我看根本就沒有多大的道理，我們祥獸根本就不應該跟那些平凡的傢伙混在一起，你看，不是才剛借了一對角就神力大減，要不然他那麼厲害怎麼還會需要練習游泳呢？」

「那也不一定吧……」凰小姐和麟小姐還是堅定地站在龍先生這一邊。

正說著，鳳先生突然一本正經地對烏龜說：「對了，待會兒我們陪你到了祥河附近之後，你自己過去找龍先生，我們就不陪你過去了。」

烏龜奇怪道：「為什麼？」

鳳先生說：「我怕他又要跟我們嘮叨，叫我們也去參加游泳比賽，哎，實在是聽煩了啊——」

凰小姐趕緊打斷說：「拜託，別說得這麼難聽，反正就讓他們倆單獨敘敘舊也不錯呀。」

於是，他們一起往前又走了一段，等到已經快到祥河邊了，麒先生把烏龜從麟小姐的背上抱下來，大家紛紛說了好些「待會兒再聊」之類的話之後，就暫時分手了。

◆　　◆　　◆

　　當龍先生聽到從不遠處傳來烏龜呼喚自己的聲音，並且看到了河邊的烏龜時，一開始是愣了一下，為此還不小心喝進了好幾口河水，緊接著就趕緊掙扎著往岸邊游過去。

　　烏龜注視著龍先生，覺得他老兄游泳的樣子真的變得好難看、好滑稽，一點兒氣質也沒有，怎麼活像條超大水蛇似的，只會拚命地扭來扭去。

　　龍先生渾身溼漉漉地跳上岸，開心地說：

「唉呀，好久不見啦！這麼長時間以

來，你都躲在哪裡啊？」

47

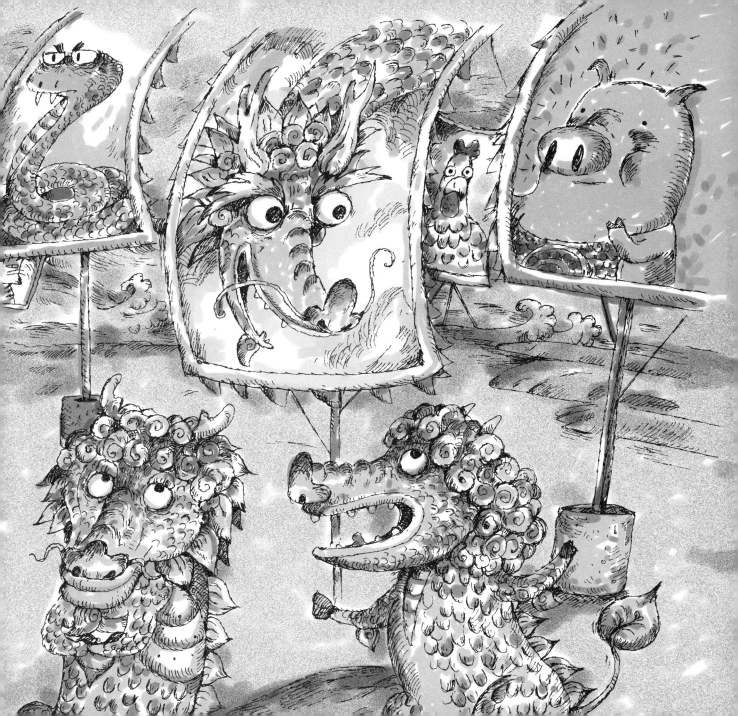

烏龜把事情的經過大致告訴了龍先生。龍先生恍然大悟道：「原來是這樣！我還以爲你是又躲在哪兒想清靜清靜呢。」

　　過去，曾經不止一次，烏龜會因爲想要自己待一下而突然失蹤一段時間，所以前段時間當鳳凰和麒麟兩對夫妻覺得烏龜這回失蹤得太久，而開始在尋找烏龜的時候，龍先生並沒有眞的多擔心，更沒有費心去找，他總相信只要時候到了，烏龜就會自己出現的。

　　「不過，說來慚愧，也許是因爲我把心思都花在這次的游泳比賽上──這個比賽，你聽說了吧？」

　　烏龜嗯了一聲。

「所以啦，」龍先生看來有些不好意思，「這段時間我對別的事都顧不上了，不過，反正我總相信你一定不會有事的。」

烏龜笑笑，「那當然，我們是祥獸嘛，能有什麼事。對了，我覺得你現在的樣子真的很好看。」

「真的？」龍先生聽了非常開心，「看吧，我說得沒錯吧，我就說我缺一對角嘛，真不懂當初玉皇大帝怎麼會把這麼適合我的一對角安在公雞身上！」

「有了這對角，你還習慣嗎？」烏龜問得很含蓄，不敢說龍先生現在的泳姿很難看。

「不習慣，所以我現在游起來還很糟糕啊，」龍先生顯然頗有自知之明，「坦白說，適應起來沒有我想像中那麼快，但是我有信心在比賽之前一定能練習得比較像個樣子——對了，你對這個游泳比賽有什麼看法？」

「你問我嗎？——呃，我還沒仔細想過哪——」

「我覺得這個比賽真的很重要，咱們不應該缺席，可是我勸了他們很久，就是沒有辦法說動他們啊！」

所謂「他們」，自然是指鳳凰和麒麟兩對夫妻了。

龍先生嘆了一口氣，「我認為，咱們雖然是祥獸，但是如果不能入選十二生肖，以後就很難融入老百姓真實的生活，這樣久而久之我擔心咱們就會漸漸被世人所忽視，畢竟科學是愈來愈進步，咱們這些想像中的動物——」

說到這裡，龍先生停下來，看了一眼烏龜，「當然，除了你以

外——」

是啊，從外表上看來，堂堂神龜和凡

間那些烏龜實在差別不大。

龍先生繼續說：「總之，我擔心

一般凡人又沒有見過咱們，對咱們不會有

太大的興趣和感情，但是如果能夠入選為十二生肖，每隔十二年，人間大地就會到處都是咱們的圖像──」

「真的？」烏龜眼睛一亮。

「當然是真的，除了圖像，還會有很多以咱們模樣來製作的花燈、玩具和食品等等，」龍先生興致勃勃地說：「甚至還會有很多老百姓會以咱們為生肖呢！想想看，這多麼有意義啊！這樣我們就能永遠活在人們的心中，就算他們想忘記我們也很難！」

烏龜向來都很信任龍先生的判斷，這一回也不例外。剛剛聽完龍先生這番高論，烏龜差不多只想了兩秒鐘，就高高興興地說：「有道理！我覺得你說得真是太有道理了！這確實是一場我們不應該錯過的盛會！我不懂為什麼鳳凰和麒麟他們不肯參加，反正我支持你，我也要參加！」

在烏龜的想像中，龍先生聽了他這番宣言，應該是既感動又激動才對，然而龍先生卻是大吃一驚，「什麼？你要參加？」

「是啊，我要參加！我也想成為十二生肖之一！」烏龜神氣十足地表示。

「呃，」龍先生竟然一副非常爲難的樣子，吞吞吐吐道：「我看你就算了吧，你最好還是別參加了。」

「咦，這是爲什麼？」烏龜感到非常意外，也有些不滿，「他們不聽你的，你拚命勸，我聽你的，你又不要？」

龍先生趕緊拍拍烏龜，解釋道：「老兄啊，別生氣，我不是對你有什麼成見。你支持我，我當然很高興，如果你參加，相信勝出的機會、入選爲十二生肖的機會一定也很大，畢竟咱們是祥獸嘛，問題是——你想想看啊，凡間那些老百姓，在問起『你是屬什麼生肖？』的時候，有誰會願意回答『我是屬烏龜』呢？」

烏龜冷靜地想了一會兒，不得不承認龍先生的顧慮的確很有道理，自己似乎真的不大適合參加這一次的活動，不禁遺憾道：「唉，說得也是啊。」

　　龍先生又說：「這樣吧，你幫我再去勸勸鳳凰和麒麟好不好？當初玉皇大帝說可以考慮給咱們一兩個保留名額的時候，我堅決主張不要，而表示一定要跟百獸一起競爭，一方面是不想破壞遊戲規則，招致百獸批評，另一方面也是想如果和百獸競爭，其實對我們反而更有利，因為我們的實力畢竟比較強嘛，這麼一來，在十二生肖中出現的祥獸就會不止一兩個，不是很好嗎？可是那兩對絲毫不理會我的苦心，無論我怎麼說怎麼勸，他們說不參加就不參加，我真的感到很失望！」

烏龜問道：「那他們不參加的理由是什麼呢？」

「這個我實在也說不清，也許你可以親自去問問他們，不過——唉，也許問不問也無所謂，我對於讓他們改變心意已經不抱任何指望了。現在我只希望他們在那天會願意來為我加油。」

話雖如此，烏龜還是決定要回頭去找鳳凰和麒麟，想聽聽他們到底是怎麼想的。

走了一會兒，烏龜迎面碰上了麒先生。麒先生看起來有些垂頭喪氣。

「怎麼啦？」烏龜關心地問：「又跟老婆吵架啦？」

每當麒先生垂下牛尾巴，無精打采地晃動著和鹿十分相似的身子，還有氣沒力地踢著馬蹄的時候，十有八九一定又是和老婆麟小姐有什麼不愉快。

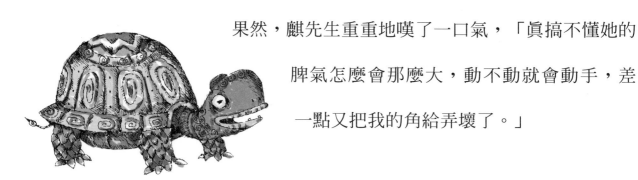

果然，麒先生重重地嘆了一口氣，「真搞不懂她的脾氣怎麼會那麼大，動不動就會動手，差一點又把我的角給弄壞了。」

「我剛才和龍先生聊了很久，」烏龜說：「說真的，我覺得他說得很有道理，你們為什麼不願意參加這一次的『十二生肖選拔』啊？」

麒先生說：「如果你是問我個人意見的話，我是覺得太麻煩了啦！你想想，咱們是祥獸，參加那樣的游泳比賽會有什麼問題，隨便游兩下也是肯定入選的嘛，可是入選以後豈不是每隔十二年就要輪值一次？那有多累啊！我才不要哩，我只想偶爾和鳳凰他們一起到凡間去晃一下，讓老百姓高興高興，這樣就行啦，這樣不是很輕鬆嗎？」

按照傳統，如果麒麟和鳳凰同時一起出現，那可是一種十分難得的好兆頭。

「不過，」麒先生又說：「那也要和鳳凰他們約時間啦，如果他們太忙就算啦。」

稍後，烏龜碰到了鳳先生。烏龜把龍先生和麒先生的想法都跟鳳先生說了，並詢問鳳先生的意見。

鳳先生首先否決了麒先生的想法。「什麼偶爾一起去凡間晃一晃，什麼象徵吉兆，真無聊！我對這種事才沒興趣呢，而且麒先生一定是故意那

麼說的啦，那個傢伙最懶了，他不想參加『十二生肖選拔』，也知道我有另外的事想做，才不會跟他一起傻呼呼地到處亂晃，這樣他不就可以名正言順地什麼事都不用做了嗎？」

「那你想做的是什麼呢？」

「我嘛——我想當老大！」

「什麼？老大？這是什麼意思？」

「你看，咱們『四大祥獸』一直是平起平坐，但是我一直隱隱約約地感覺到龍先生好像是咱們的老大，要不然為什麼只要一說起『四大祥獸』，大家都是說『龍鳳龜麟』，

不會說『鳳龍龜麟』或是其他什麼組合，就連這次比賽要不要為咱們祥獸保留名額，玉皇大帝都只問龍先生的意見，都不問問我們，老實說，對於這樣的情況，我早就不滿了！」

「所以你想當我們的老大？」

「那倒也不是，我知道沒這個規矩，而且我雖然不滿，可是也不想真的要去跟龍先生爭什麼，咱們都是祥獸，如果真的爭什麼就太難看了——我跟你說，其實我是想乾脆下去當鳥類的老大！」

「鳥類的老大？這又是什麼意思啊？」烏龜聽得一頭霧水。

「我聽說凡間有一種鳥，叫

作孔雀，非常漂亮，下面那些老百姓只要一說到『最漂亮的鳥』，馬上就會想到他，好像他是鳥類的領袖似的，我實在是很不服氣，所以一直很想下去找那個叫作孔雀的傢伙比比看，看看到底是誰漂亮！再說，我是祥獸，鳥類的領袖本來就應該是我才對！」

「原來是這樣！說真的，我還從來都不知道你這麼想當老大呢。」

「嘿嘿，不好意思。入選十二生肖有什麼意思，每隔十二年才能好好地風光一次，可是如果我當了鳥類的領袖，就可以天天都過得風風光光！」

「那你打算什麼時候下去？」

聽到烏龜這麼一問，方才還意氣風發的鳳先生，竟頓時活像一個洩了氣的皮球似的，馬上就沒了精神。

「怎麼啦？」烏龜問。

「唉！」鳳先生哀怨地說：「要等老婆同意啊！我還沒說服老婆呢，畢竟按照規矩我不能自己一個人下去啊，一定要跟老婆一起，可是每次我一說，她就罵我無聊。」

離開了鳳先生，烏龜又往前去找凰小姐和麟小姐。現在，他只差還要了解一下兩位小姐的意見。

兩位小姐應該並不難找。烏龜知道她們最喜歡一起待在祥雲谷的一棵老槐樹下喝茶。

烏龜猜得沒錯。他才剛到祥雲谷，遠遠地就看見凰小姐和麟小姐非常閒適地坐在槐樹下。

　　「嗨，你來啦，」凰小姐先看到了烏龜，「見到龍先生了吧？」

　　「見到了，離開龍先生之後我又陸續見到了妳們兩位的先生，都談了很多，」這時，烏龜突然有感而發道：「以前我總以為咱們祥獸一族是很團結的，現在我才知道原來一點也不，原來大家各有各的主意，想要一起去做什麼大事，根本不可能——」

烏龜把龍先生、鳳先生和麒先生等三位男士的
意見大致說了一下。

　　凰小姐說：「這些我們都知道，那
你想不想知道我們的想法？」

　　「當然想，所以我才來找妳們呀，妳們是怎麼想的呢？」

　　凰小姐先側過臉去看看麟小姐，對麟小姐說了一聲：「那我就代表
咱們倆說了哦。」

　　麟小姐點點頭，表示附議。和凰小姐相較，麟小姐的話比較少，就
連和老公麒先生吵架，也常常都是懶得動口而直接動手，所以麒先生頭
上的角才會不止一次的遭到破壞。

「我們的想法很簡單，其實就只是不想老是和老公綁在一起而已。」凰小姐說。

「這是什麼意思？」烏龜沒聽明白。

凰小姐只好進一步解釋道：「世人每次一說到『四大祥獸』中的『鳳凰』和『麒麟』的時候，幾乎沒有人會去深究我們實際上都是一雌一雄，而總是把我們綁在一起，所以不難想見無論是入選十二生肖，或是什麼鳥類的領袖，我們也都無法避免地要永遠和老公綁在一起，這有什麼好？光是想像一下那種日子就要讓人透不過氣來了！」

73

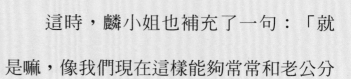

這時，麟小姐也補充了一句：「就是嘛，像我們現在這樣能夠常常和老公分開來，姊妹們自己待在一起，多好！」

烏龜輕輕嘆了一口氣，「我知道你們這兩對經常會吵吵鬧鬧，可是我從來沒想過你們是這麼不願意經常和另一半綁在一起！」

凰小姐笑道：「你當然不大能了解，因為你也是男生嘛，當然不會知道我們女生在想些什麼。」

「而且你是單身漢，不能了解不怪你。」麟小姐

也說。

　　烏龜忽然想到，同樣是單身漢，並且同樣是樂於當單身漢，龍先生可比他積極多了，總想要做點什麼，不像他，沒事就只愛看著天空發呆。

　　想到這裡，烏龜說：「看來龍先生說得沒錯，確實是很難說動你們去參加游泳比賽了，不過，我想那天我們至少一起去為龍先生加油好不好？」

　　「好啊，這個當然沒問題，」兩位小姐都一口答應，還頻頻保證道：「我們一定把那兩個討厭鬼也叫去！」

「十二生肖選拔」游泳比賽的那一天，祥河邊鑼鼓喧天，非常熱鬧。沒有參加比賽的譬如大象、長頸鹿、花豹、松鼠等等，大家全都自動自發地前來爲所有的參賽選手們加油，高高興興地充當啦啦隊。

在啦啦隊中，最耀眼、最引人矚目的自然是祥獸一族了，那就是鳳凰夫婦和麒麟夫妻，還有烏龜，大家都知道他們是專程來爲唯一參加比賽的祥獸——龍先生——加油的。

龍先生看到伙伴們都來爲他加油，心裡還是感到相當欣慰。

很快的，比賽開始。

經過一番激烈的競爭之後，十二生

肖——也就是前十二名——誕生了，依序分別是——鼠、牛、虎、兔、

龍、蛇、馬、羊、猴、雞、狗、豬。

　　龍先生由於頭上安了公雞的角，始終適應不良，影響了正常的發

揮，所以只拿到了第五名。不過，龍先生好歹如願以償地成爲了十二生

肖之一，同爲祥獸的伙伴，都很爲他高興；特別是凰小姐、麟小姐和烏

龜，在頒獎典禮上都拚命地爲龍先生鼓掌，把雙手都拍得紅透了呢。

龍先生覺得自己已經盡了
力，雖然沒能拿到冠軍，至少
還是順利地入選爲十二生肖，這
樣的結果也算是馬馬虎虎，差強人意，
他萬萬沒有想到居然還會有另外一個「意外的收穫」。

那就是，當玉皇大帝看到他自己設計的新造形之後，認爲原本屬於
公雞的角確實很適合龍先生，竟然下令那對
角以後就給龍先生用罷。

「什麼？」龍先生心想：「不用還了？
太棒了，眞不敢相信居然會有這種事！」

「什麼？」公雞暗暗抱怨：「說好比賽結束就還我的，現在要不回來了？居然會有這種事？」

當然，公雞就算心裡再怎麼不平、不滿、不是滋味，當面還是不敢頂撞玉皇大帝，只好憋了一肚子氣回家！

從那一天開始，公雞每天早上都要扯著嗓子大叫「龍哥哥，角還我！」來作為發洩，並且猛找當初的見證人蜈蚣出氣，一看到蜈蚣就要啄。從此，公雞就成了蜈蚣的天敵。

那天的游泳比賽還造就出另外一組天敵，那就是老鼠和貓。原來，老鼠和貓本來是好朋友，在比賽當天早上，老鼠本來已經答應要叫喜歡睡懶覺的好朋友貓咪起床，一起去參加比賽，可是那天早上老鼠竟然故意不叫貓咪，故意讓貓咪錯過了這個重要的比賽。老鼠用這樣的方式除去一個實力強大的競爭對手。

後來貓咪發現真相之後，非常生氣，發誓從此一看到老鼠就要抓，兩個好朋友就此反目成仇。

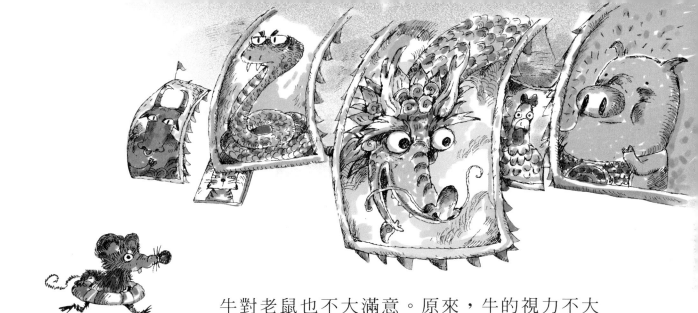

牛對老鼠也不大滿意。原來，牛的視力不大好，老鼠在比賽前花言巧語地哄著牛說，願意坐在牛的頭上，為牛指引方向，提議用這樣的方式兩個人一起結伴過河，老鼠還一再保證，到時候一定會讓牛先上岸，讓牛成為十二生肖的第一名。然而到了比賽當天，在最後關頭老鼠卻出人意表地搶先一步跳上岸，登上了冠軍寶座，成為了十二生肖之首。

可想而知，牛簡直要氣炸了！不過，牛還是比較忠厚老實，儘管上當，氣過一陣也就算了，並沒有從此一看到老鼠就要踩。

後來，經過了很久很久，龍先生還常常在想：「我到底算不算是一個守規矩的人？……」

他拒絕了玉皇大帝「為祥獸保留名額」的好意，堅持要和百獸一起參加游泳比賽，堂堂正正地入選了十二生肖，成為十二生肖中唯一的一隻祥獸；可是，他同樣也是藉由玉皇大帝的好意，霸占了原本屬於公雞的那對角。

當玉皇大帝宣布那對角從此就賞給他的時候，一開始龍先生還心中

竊喜，他太想要那對角啦，而玉皇大帝的命令簡直是幫了他一個大忙！

因為這是玉皇大帝叫他不用還，又不是他自己不肯還，天底下哪有這麼好的事！然而，他沒有想到，吃了悶虧的公雞，竟然從此會天天一大清早就扯開嗓門喊冤，提醒大家龍先生頭上的角本來是他的，聽著那一聲聲「龍哥哥，角還我！」，再加上聽說蜈蚣受到自己的牽連，因為自己而倒楣，龍先生的心裡更是常常感到既尷尬又不安。

「如果，我能按照約定，比賽一結束就把那對角還給公雞，或者是當玉皇大帝要把那對角給我的時候，我能夠加以說明和拒絕，現在的情況會不會好一點呢？……」

龍先生常常會這麼想……

國家圖書館出版品預行編目資料

龍的選擇／管家琪著；蔡嘉驊圖. -- 初版. -
- 台北市： 幼獅, 2010.02
　　面； 公分. --（新High兒童. 童話館；10）

ISBN 978-957-574-758-9（平裝）

859.6　　　　　　　　　　98023388

・新High兒童・童話館10・

龍的選擇

作　　者＝管家琪
繪　　圖＝蔡嘉驊
出 版 者＝幼獅文化事業股份有限公司
發 行 人＝李鍾桂
總 經 理＝廖翰聲
總 編 輯＝劉淑華
主　　編＝林泊瑜
美術編輯＝李祥銘
總 公 司＝10045台北市重慶南路1段66-1號3樓
電　　話＝(02)2311-2836
傳　　真＝(02)2311-5368
郵政劃撥＝00033368

門市
●松江展示中心：10422台北市松江路219號
　電話：(02)2502-5858轉734　傳真：(02)2503-6601
●苗栗育達店：36143苗栗縣造橋鄉談文村學府路168號（育達商業科技大學內）
　電話：(037)652-191　傳真：(037)652-251

印　　刷＝祥新印刷股份有限公司　　　幼獅樂讀網
定　　價＝250元　　　　　　　　　　http://www.youth.com.tw
港　　幣＝83元　　　　　　　　　　e-mail:customer@youth.com.tw
初　　版＝2010.02
書　　號＝987184
ＩＳＢＮ＝978-957-574-758-9

行政院新聞局核准登記證局版台業字第0143號
有著作權・侵害必究(若有缺頁或破損，請寄回更換)
欲利用本書內容者，請洽幼獅公司圖書組(02)2314-6001#236

幼獅文化公司／讀者服務卡／

感謝您購買幼獅公司出版的好書！
為提升服務品質與出版更優質的圖書，敬請撥冗填寫後（免貼郵票）擲寄本公司，或傳真（傳真電話02-23115368），我們將參考您的意見、分享您的觀點，出版更多的好書。並不定期提供您相關書訊、活動、特惠專案等。謝謝！

基本資料

姓名：＿＿＿＿＿＿＿＿＿＿＿＿＿＿＿＿＿先生／小姐

婚姻狀況：□已婚 □未婚　職業：□學生 □公教 □上班族 □家管 □其他

出生：民國＿＿＿＿＿年＿＿＿＿＿月＿＿＿＿＿日

電話：（公）＿＿＿＿＿＿（宅）＿＿＿＿＿＿（手機）＿＿＿＿＿＿

e-mail：＿＿＿＿＿＿＿＿＿＿＿＿＿＿＿＿＿＿＿＿＿＿

聯絡地址：＿＿＿＿＿＿＿＿＿＿＿＿＿＿＿＿＿＿＿＿

1.您所購買的書名：　**龍的選擇**

2.您通常以何種方式購書?：□1.書店買書　□2.網路購書　□3.傳真訂購　□4.郵局劃撥
　（可複選）　　□5.幼獅門市　□6.團體訂購　□7.其他

3.您是否曾買過幼獅其他出版品：□是，□1.圖書　□2.幼獅文藝　□3.幼獅少年
　　　　　　　　　　　　　□否

4.您從何處得知本書訊息：□1.師長介紹　□2.朋友介紹　□3.幼獅少年雜誌
　（可複選）　　□4.幼獅文藝雜誌　□5.報章雜誌書評介紹＿＿＿＿＿＿＿報
　　　　□6.DM傳單、海報　□7.書店　□8.廣播(　　　　　　　)
　　　　□9.電子報、edm　□10.其他＿＿＿＿＿＿＿＿

5.您喜歡本書的原因：□1.作者　□2.書名　□3.內容　□4.封面設計　□5.其他

6.您不喜歡本書的原因：□1.作者　□2.書名　□3.內容　□4.封面設計　□5.其他

7.您希望得知的出版訊息：□1.青少年讀物　□2.兒童讀物　□3.親子叢書
　　　　　□4.教師充電系列　□5.其他

8.您覺得本書的價格：□1.偏高　□2.合理　□3.偏低

9.讀完本書後您覺得：□1.很有收穫　□2.有收穫　□3.收穫不多　□4.沒收穫

10.敬請推薦親友，共同加入我們的閱讀計畫，我們將適時寄送相關書訊，以豐富書香與心靈的空間：
(1)姓名＿＿＿＿＿＿e-mail＿＿＿＿＿＿電話＿＿＿＿＿＿
(2)姓名＿＿＿＿＿＿e-mail＿＿＿＿＿＿電話＿＿＿＿＿＿
(3)姓名＿＿＿＿＿＿e-mail＿＿＿＿＿＿電話＿＿＿＿＿＿

11.您對本書或本公司的建議：

廣 告 回 信
台北郵局登記證
台北廣字第942號

請直接投郵　免貼郵票

10045　台北市重慶南路一段66-1號3樓

幼獅文化事業股份有限公司

....

請沿虛線對折寄回

客服專線：02-23112836分機208　傳真：02-23115368

e-mail：customer@youth.com.tw

幼獅樂讀網http：//www.youth.com.tw